Escribo con Disney Stitch

Colorea con los NÚMEROS

cliper

Papel certificado por el Forest Stewardship Council®

MIXTO
Papel | Apoyando la silvicultura responsable
FSC® C117695

Penguin Random House Grupo Editorial

Primera edición: septiembre de 2025

Travessera de Gràcia, 47-49. 08021 Barcelona

Printed in Spain – Impreso en España

ISBN: 978-84-19487-50-6
Depósito legal: B-12041-2025

Realización editorial: Olga Coderch

Impreso en Índice, S.L.
(Barcelona)

DS 8 7 5 0 6

Escribo con Disney Stitch

Colorea con los números es un libro especialmente concebido para que las niñas y los niños de 3 a 6 años se aproximen al mundo de la escritura.

Forma parte de la colección **Escribo con Disney** que, junto con *Las mayúsculas, Las minúsculas, Los números, Mis primeras palabras* y *Colorea con las letras* completan el desarrollo del aprendizaje global de la escritura.

¿Cómo llegar a escribir los números del 0 al 9? Disney lo pone muy sencillo: preparando los movimientos de la mano para reproducir la grafía de los números, afianzar el trazo y coger seguridad en la escritura con ejercicios de motricidad fina, grafomotricidad y caligrafía. De esta manera, el niño llega sin dificultad a escribir los primeros números.

El libro consta de 32 páginas ilustradas con objetos y personajes del mundo Disney, con un número punteado para repasar y luego escribirlo sin ayuda.

A través de estas páginas, los niños practicarán la grafía de los números del 0 al 9 y, además, podrán contar objetos a través de distintos ejercicios.

Los personajes de la película de *Lilo y Stitch* acompañarán al niño y a la niña a lo largo del apasionante camino del aprendizaje de la escritura de los números.

Con esta colección se pretende:

- Desarrollar la creatividad.
- Despertar el interés por la lecto-escritura.

Se desarrollarán varias competencias como son:

- Competencia para aprender a aprender, utilizar los nuevos conocimientos en distintas situaciones.
- Competencia en comunicación lingüística, adquirir un vocabulario adecuado.
- Competencia cultural y artística, disfrutar de la estética plástica de las imágenes.
- Competencia matemática, adquirir la habilidad de utilizar los números.

Resigue el trazo y cópialo debajo.

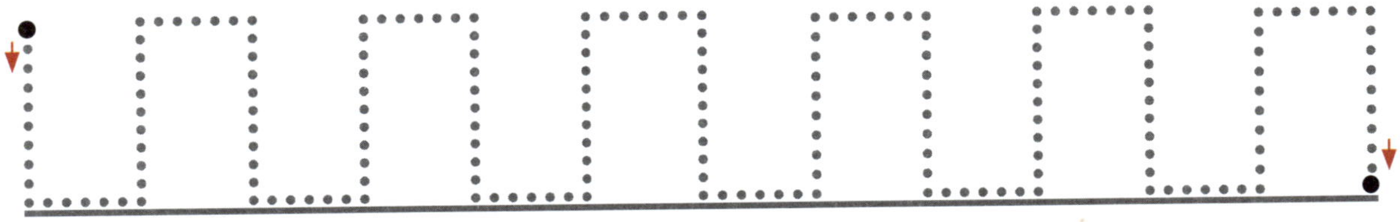

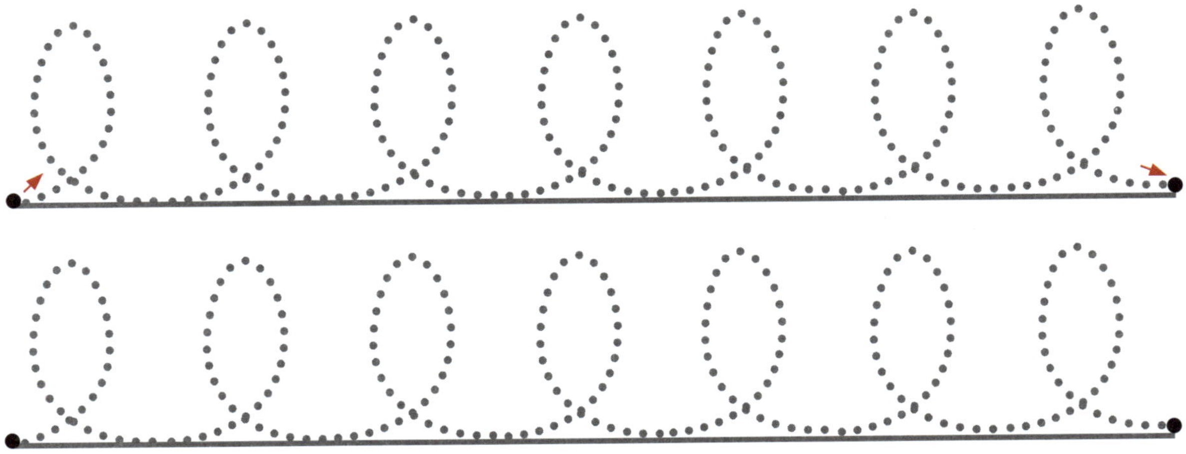

Resigue el trazo y cópialo debajo.

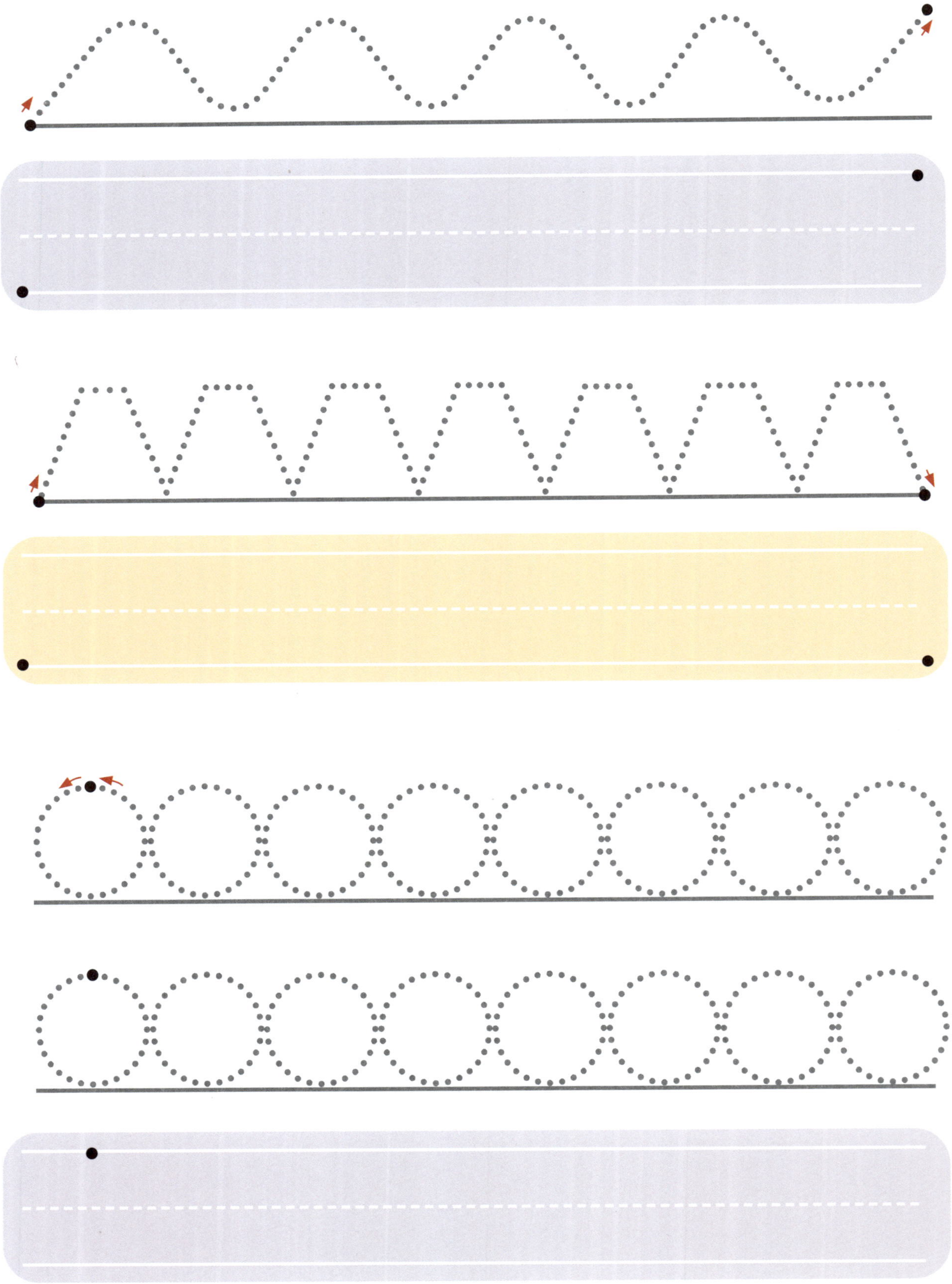

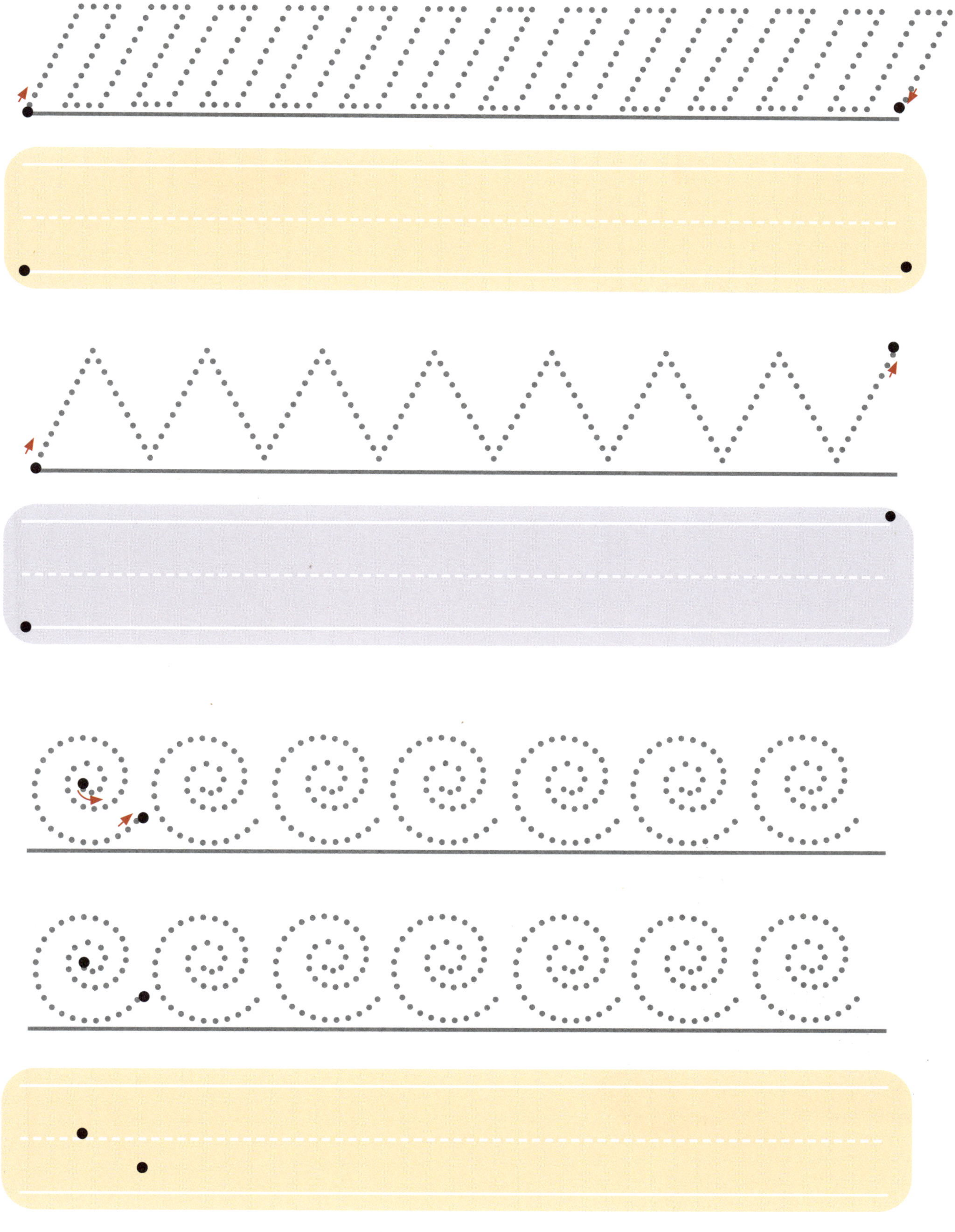

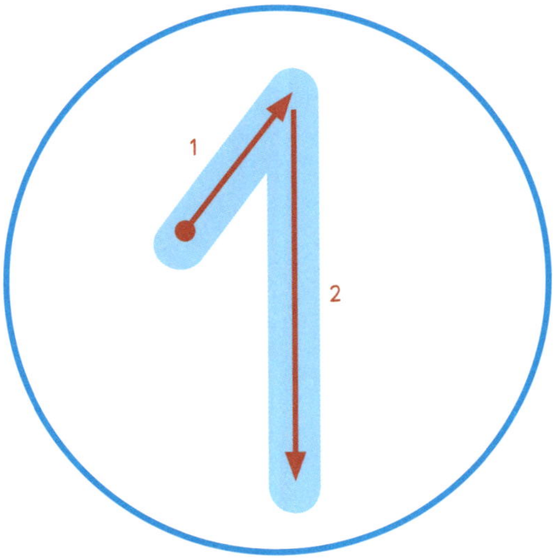

uno

¿Cuántas guitarras tiene Stitch?

una

Colorea a Stitch vestido de Elvis
siguiendo la guía de los números.

1 2 3 4

dos

¿Cuántas lenguas tiene Pleakley?

dos

Colorea a Stitch con el libro del patito feo siguiendo la guía de los números.

1 2 3 4 5

tres

Fíjate bien.
¿Cuántas armas tiene Stitch?

tres

Colorea a Stitch siguiendo
la guía de los números.

1 2 3 4 5 6 7

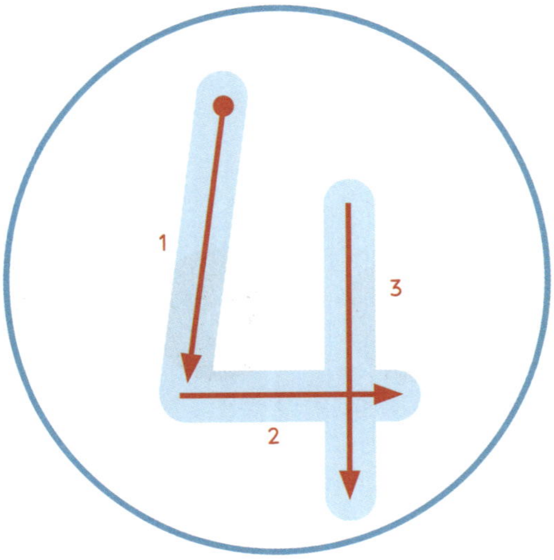

cuatro

¿Cuántos brazos tiene Stitch?

cuatro

Colorea a Stitch en la playa siguiendo la guía de los números.

1	2	3	4	5

cinco

5 5 5 5 5

5

Fíjate bien.
¿Cuántas fotos hay
en el círculo?

cinco

Colorea a Lilo y a Nani siguiendo la guía de los números.

1 2 3 4 5 6

Practica un poco más

Traza los números del 1 al 5.

Resigue los trazos

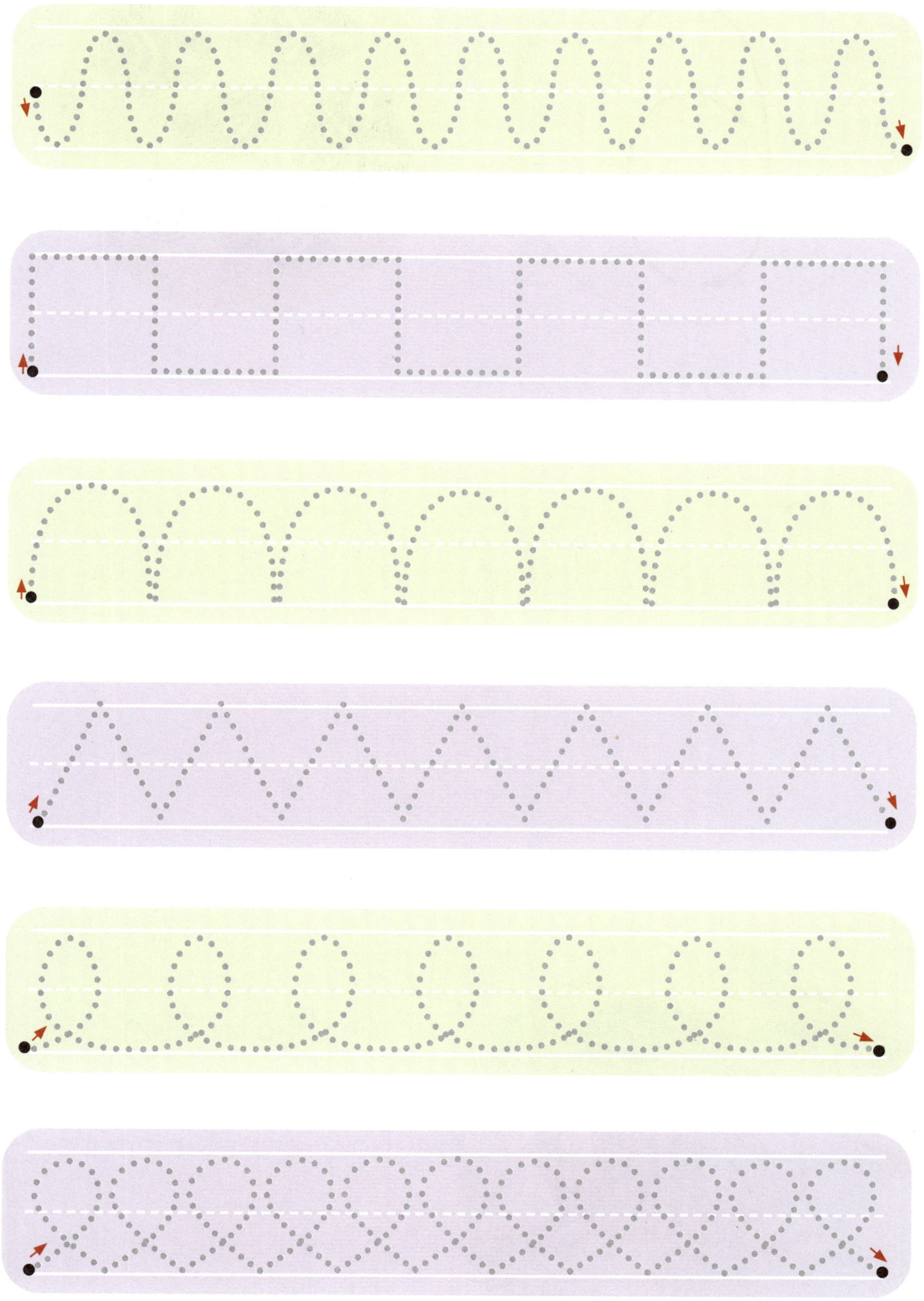

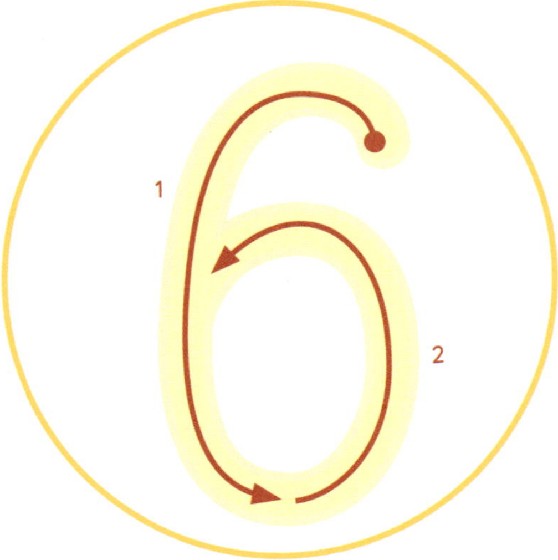

seis

Fíjate bien.
¿Cuántos peces
hay en el círculo?

seis

Colorea la nave siguiendo la guía de los números.

1 2 3 4 5 6

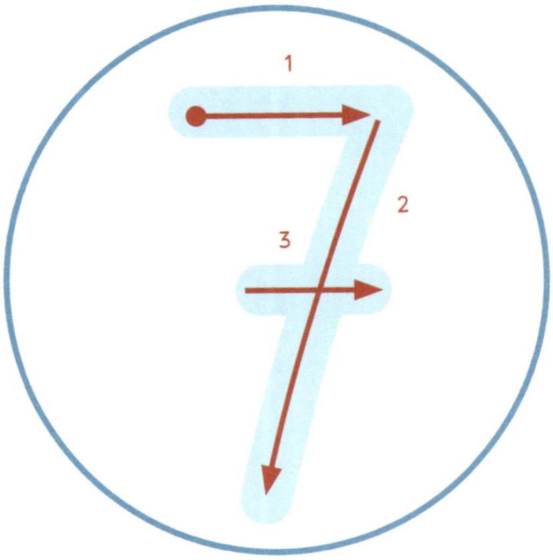

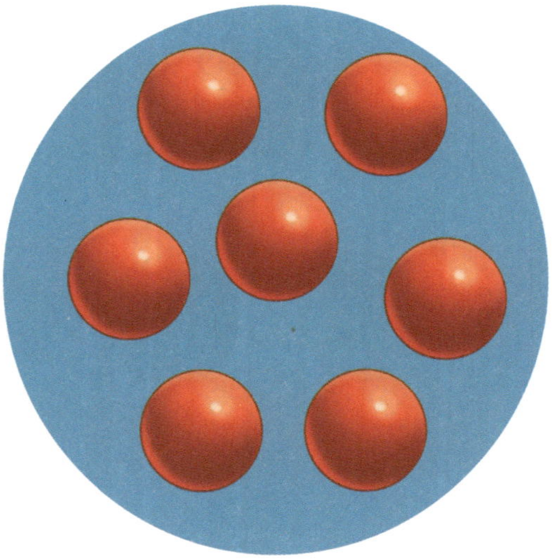

siete

Fíjate bien.
¿Cuántas pelotas
hay en el círculo?

siete

Colorea a Lilo y Stitch en la bicicleta siguiendo la guía de los números.

1 2 3 4 5 6 7

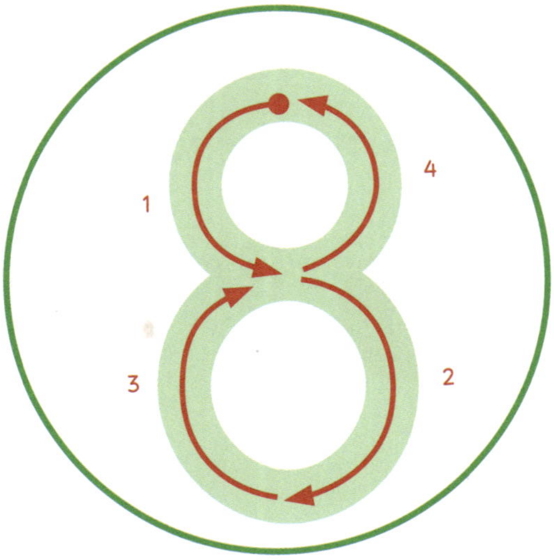

ocho

¿Cuántas bolas de helado tiene el cucurucho?

ocho

Colorea la escena siguiendo la guía de los números.

1 2 3 4 5 6 8

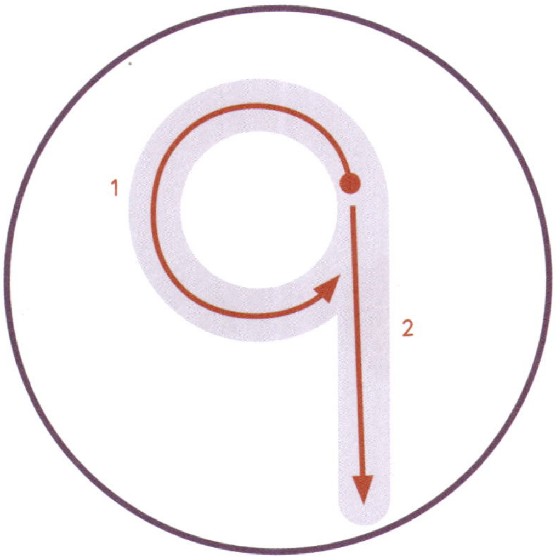

nueve

Fíjate bien.
¿Cuántas caracolas hay en el círculo?

nueve

Colorea a Lilo y a Stitch siguiendo la guía de los números.

1 2 3 4 5 9 7

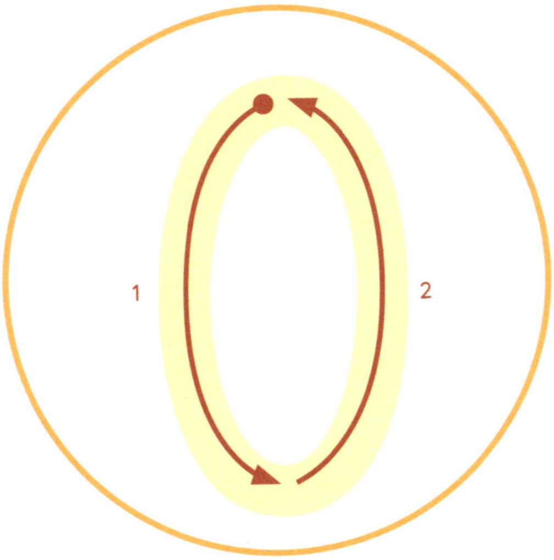

cero

¿Cuántas flores tiene Jumba en las manos?

cero

Colorea a Jumba y a Stitch siguiendo la guía de los números.

0 1 2 3 4 5 6

7 8

Practica un poco más

Traza los números del 6 al 9 y el 0.

Resigue los trazos

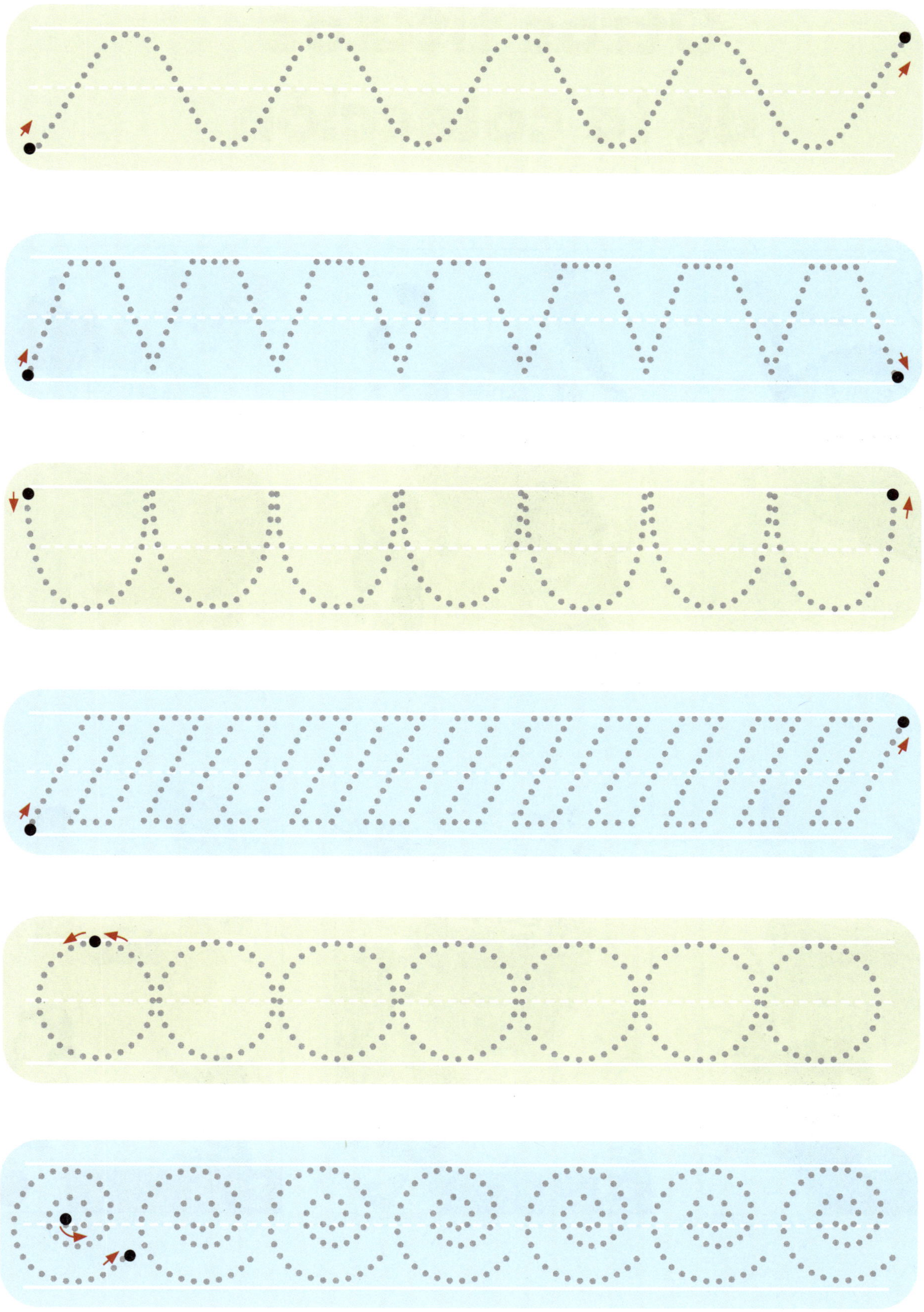

Otros títulos de la colección

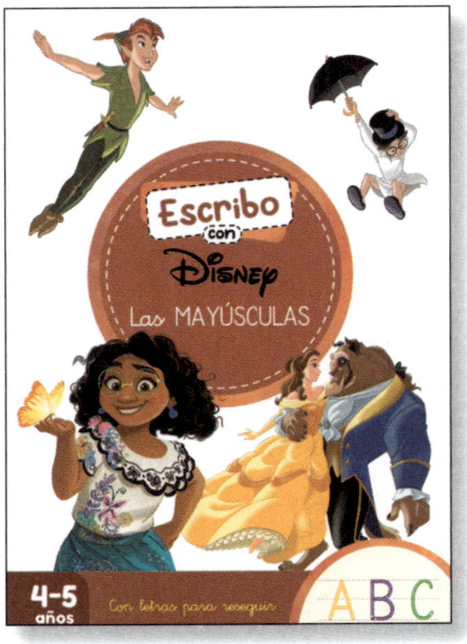

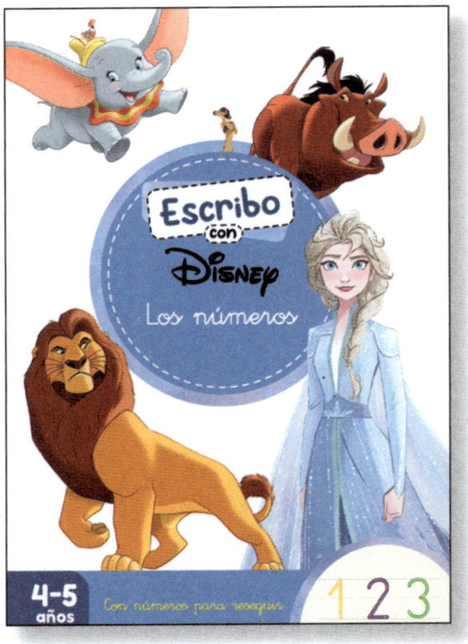